# 나는 아직도
# 꿈을 꾸고 있다

이종숙 시집

시음사
시사랑음악사랑

**이종숙 시인**

경상남도 하동 출생

대한문학세계 시 부문 등단
(사)창작문학예술인협의회 회원
대한문인협회 경남지회 정회원
대한문인협회 경남지회 총무국장

수상
2019년 금주의 시 선정
2020년 좋은 시 선정
2020년 명인명시 특선시인선 선정
2021년 명인명시 특선시인선 선정
2021년 이달의 시인 선정

동인지
2020년 시의 씨앗이 움틀 때
2020년 사랑 별 이야기

## 시인의 말

너에게서 나를 찾는다
수년을 눈으로 보는 것과
가슴으로 연동되어 뿌리로
자라나는 시라는 언어 속에 서 있다

무한한 감성을
진열장에 전시하기 위해
털고 닦으며 빛을 내게 하고
고뇌와 열정을 쓸어 담았다

시집을 발간한다는 설렘과 떨림을
너에게서 나를 찾다
어머니의 모습에서 시작한 시
어머니의  손가락 사이로 깨알 같은 씨앗에서
싹이 피어오르는 알찬 웃음으로
나는 시어를 주워 담았다

시인 **이종숙**

# * 목차 *

# * 목차 *

본문
시낭송
감상하기

QR코드 스마트폰으로 QR 코드를 스캔하면 시낭송을 감상할 수 있습니다

 제목 : 소리 없이 우는 새
시낭송 : 박영애

제목 : 그리운 어머니
시낭송 : 박영애

 제목 : 밤꽃 필 때쯤
시낭송 : 박순애

 제목 : 노인과 검둥이
시낭송 : 박영애

 제목 : 적석암의 꽃
시낭송 : 박영애

 제목 : 물을 보면서 배운다
시낭송 : 박영애

 제목 : 오월의 장미
시낭송 : 박순애

 제목 : 오늘은 해가 떠 있습니다
시낭송 : 박영애

 제목 : 고독
시낭송 : 박순애

 제목 : 잊고 있던 그리움
시낭송 : 박영애

 제목 : 부러울 것 없는
　　　　당신의 사랑입니다
시낭송 : 최명자

 제목 : 나는 아직도
　　　　진행형인 꿈을 꾸고 있다
시낭송 : 박영애

 제목 : 무위 세월
시낭송 : 박순애

제목 : 하동 섬진강
시낭송 : 박영애

 제목 : 빈집
시낭송 : 박영애

 제목 : 부부
시낭송 : 박영애

 제목 : 초혼
시낭송 : 박영애

 제목 : 그대 날 울리지 말아요
시낭송 : 박영애

 제목 : 골목
시낭송 : 박영애

 제목 : 분신하는 그 여인
시낭송 : 박영애

제목 : 눈 내리는 날
시낭송 : 박영애

 제목 : 꿈꾸는 세상
시낭송 : 박영애

제목 : 가을은
시낭송 : 최명자

시인은 자연을 이야기하고
시낭송가는 자연을 품었다
글자는 날개를 달아 언어로 날고
소리는 자연에 눕는다

# 7월의 어느 날

하늘에서 씨앗 하나가 나풀나풀 날아서
땅의 품속에 앉은
그대와 나 인연으로
시작이란 만남의 손을 잡아봅니다

오늘 나는
보랏빛 도라지의 하얀 즙을
그대 기억에서 멀어지지 않게
점을 찍었습니다

7월이면 아니 이맘때면
잔잔하게 속삭이던 어느 찻집
음악이 흐르는 넓은 뜰
도라지꽃 웃음 번지는
진한 향기를 만지작거리며
추억 한 톨 뿌렸습니다

하늘과 땅 사이에 피어 있는 하얀 꿈
서로 알기를 원한 소중한 그림 위
보랏빛 사랑으로 남아 많은 시간을
내 것 아닌 내 것으로 그대를 품었습니다

# 소리 없이 우는 새

새는 강물이 넘치도록 울어도
소리 내지 못하고
손바닥이 갈라지도록 말라도
아파하지 못한다

하늘을 배회하며
앉아 쉴 수 없는 공간에서도
바다만 바라본다

새는 침묵의 시간을 새기면서
건너야 할 징검다리 수를 세고
내일을 알지 못한 바다의 깊이를 재듯
물결치는 파도의 설움에 휘장을 친다

새는 하늘의 빈자리에 서서 술을 마시고
잊고 싶지 않은 영혼에 마음이 타고
무력감에 사로잡혀 사는 것을 멈추려
어둠 속에 다른 세계의 존재를
다양한 형태로 새로운 해를 캐고 있다

울어도 소리 낼 수 없는 새는
슬퍼서 우는 것이 아니라
외로워서 운다

제목 : 소리 없이 우는 새
시낭송 : 박영애
스마트폰으로 QR 코드를 스캔하면
시낭송을 감상할 수 있습니다

나는 아직도
꿈을 꾸고 있다

# 무위 세월

바람결에 바스락거리며
아파하는 홍엽을 보고
가을인가 싶었는데
세월이더라

먼동이 트는 것이
아침을 여는 시작인 줄 알았는데
석양이 스며드는 세월이더라

내 귓전에 귀뚜라미 울고
하늘이 도는 현기증
시간과 같이했던 흔적인가 싶더니
익어가는 세월이더라

선명했던 물체가
흐려져 보이고 겹쳐 보이는 것
동공의 안개 속으로
흘러간 세월이더라

보고 듣고 감상하는 것도
시간의 무게 속에 열려 있던 열매도
떨어지는 낙엽 같은
아쉬웠던 세월이더라

제목 : 무위 세월
시낭송 : 박순애
스마트폰으로 QR 코드를 스캔하면
시낭송을 감상할 수 있습니다

9

# 고추

젊음의 밭고랑이 꿈틀거린다
재 넘어 얼굴 내미는 빛이 이랑을 쪼고
빙수 조각이 뿌리 밑으로 스며들 때
깡마른 등줄기에는 밥물이 끓어
보글보글한 냄새가 퍼지는 아침으로
허리를 펴는 시간이다

능란하게 움직이는 짧은 발걸음
집안 한 바퀴 눈동자로 마주쳐
커다란 응어리를 끌고 절뚝거린다

과로한 젊음은 산과 들에서
맥없이 시간을 보내는 동안
짧은 모종은 시간을 달아 놓은
손안에 지문을 지워가며 꽃을 피우고
열매를 맺고 사랑을 나누고
따뜻함을 여기저기 흩날리는 것을 본다

산과 들에서 질척대던 이들
바닥에 숨어 있는 젊음의 시간은
가슴을 뛰게 하고
바쁜 발걸음 재촉하는 붉은 노을에
고통이 일그러진 얼굴을 씻고
허위의 비통한 후회는
아침 이슬로 깨어 가는 길에 비가 되어
죽음처럼 연쇄된 허상을 깨우고
태워 주는 삶의 침으로 수혈을 받는다

# 소녀의 꿈

밤하늘 별 무리
손바닥에 유성이 떨어지니
소쿠리에 널어놓고 마음이 타는 소녀

발그스레한 주머니의 꿈은
천 리 길 머나먼 서울 캄캄한 방
거미줄과 동거를 시작하던
뚝섬의 칙칙하고 비릿한 강물 냄새

들락날락 온몸을 휘감아
별을 보고 아침을 열고
달을 보고 저녁을 닫던 허기진 젊음
뙤약볕을 잠재우고 있는 그때
뻐꾹새는 울지 않았다

황금빛 달이 옷을 입고
빌딩 숲 후미진 곳까지 비출 때
청실과 홍실을 장롱 속에
고요히 개어 둔 동안
천만 가지 빛은 아낌없이 쏟아져 나와
제 몸 감싸고 별을 만들었다

보폭 따라 조금 떨어진 뒤안길
또 다른 바람으로 떠밀려 출발했다
불꽃이 솔솔 부는 바람일지라도
한번 잡아보고 싶었던 곳
꿈을 담은 소녀의 서울 하늘빛

# 간호

쪽빛 족두리 쓴 그녀는
노을 보고 히쭉거린다
고왔던 날개를 살며시 접고
왔다가는 시간을 고른다

바라볼 수 없게 미워하고
돌아서면 그리워지는 그녀
종이와 펜 같은 존재들
날마다 그리움을 쓰고 또 지우는
반복의 하루

저 깊숙이 알찬 메시지
동화 속 이야기를 몰고 다니는 몸짓은
눈을 감지 못한 채
다른 길을 걷지 못한 정으로
계속 쳐다보고 또 쳐다보는 그녀

쓰다 만 편지처럼 후회하는 일
가슴에 이끼로 말라붙은 눈물
이성의 흔적을 지우는 모습 무섭기도 한 그녀
하얀 백지 위에 빼곡히 쓰고
괴로움과 아쉬운 미련을 버리지 못하고
힘든 날들의 방황은
젊은 날의 시선으로 마주 보고 웃는다

# 내 마음의 별

아침에 일어나서 바로 옆
따뜻한 바람이 훔쳐보는 눈짓에
눈이 같아야 할 것 같은 기분
함께 하고 싶은 그런 사람

오래된 느낌
작은 희망의 꽃등
돌고 돌아도 갈 곳 잃을 때
백 가지 이야기를 나누는 좋은 사람

비워 가는 길에
없어서는 안 되는 그런 곳까지
쭉 뻗어 있는 현상들에 생각을
온몸으로 직접 만든 작은 마을 풍경 같은 사람

저물어가는 또 다른 바람은
출발 전에 떠밀려
이미 그윽한 운치가 있던 사람

같은 시선 비슷한 방식으로
사랑의 길을 따라 걷다 보면
바로 옆에 따뜻한 차 한 잔 들고
내 안에 들어온 한 사람

# 회고

그는 뜨개질하듯 땅 위를 걷고
회전의자처럼 같은 자리에서
많은 사람이 포개면서 숨을 쉰다

풀피리 불던 시절이 오래전 있었고
워낭소리 들판에 시간을 보낼 때
내 꿈은 멈추기를 수십 번
쪼개기를 했다

시장에서 어머니가 사 오신 운동화
기름 냄새나는 새 신
새가 먼 길을 날아오르듯
뛰고 싶었던 꿈속의 운동화
서울 어느 후미진 곳에 둥지를 틀고
네온사인 현란한 희망의 소리가
그곳만이 꿈이라고
숨 고르기도 하던 그 시절

바닷가 암석에 이끼만 너덜거리고
낙엽에 깔린 이슬
껍질과 나무 속 사이로
물기가 생기듯 눈물이 흐른다

작은 주름들의 생각 주머니
저물어 가는 석양빛으로
다듬질하고 싶은 맘뿐이다

# 당신과 나의 인연

그렇게 스치고 지나간 인연 뒤에
우리가 만났을까
내 순결을 받아든 당신을 바라봅니다

내 영혼을 담아 당신 품에 안기는 날
새로운 고향을 심었습니다

피고 지는 인연 다할 때까지
한 사람 품이라
나팔꽃 줄기 따다 씨실과 날실로
치마저고리 만들어
보라색 꽃을 피우겠습니다

영혼을 불 지펴 그대 가슴에
한걸음 하는 것이 헛되지 않기를
두 손 모아 간절한 마음
숨 쉬며 살아가는 꿈같은 날들

꽃피울 당신이기에
눈으로 말하기 전에
그리움 되는 당신

사랑한다고 말하기 전에
이미 내 마음자리에 앉아있는 당신

이 인연 끝나고 또 다른 인연으로
당신 앞에 다시 서게 하는 소망
큰 촛불에 불을 지핍니다

# 태워서 피는 꽃

게으름뱅이 손에서도
천석꾼 손에서도
아낌없이 마른 뼈가 내어주는 불꽃

손길 따라 피어
누구는 묵은 때를 씻기 위함이요
누구는 생의 숨길을 지탱함이요
누구는 자기 것에 대한 애절함이다

시시때때로 빨래하듯 내어주는
운명의 시간 따라
작은 골에서 넓은 들판으로
본능에 따라 나뉘어 사는
캠핑장의 숨

톡톡 소리 내며 피어오를 때
둘러앉은 사람들
즐겁게 환호하는 사람
마지못해 웃어야 하는 사람
아픔의 기억으로 울어야 하는 사람
뒤섞여 같이 타고 있다

그저 그렇게 웃음 짓는 사람 사이에
태워서 피는 꽃이 또 하나 있다
따뜻함을 담아 주는 역할
한동안은 어떤 삶을 다독거린다

모자람도 더함도
백 가지 다양한 실제 현상대로
사랑하며 뒤섞여
나도 같이 불타고 있다

# 코로나의 밤

분주하게 불타던 거리의 그림자
얽히고설킨 많은 사람들
삶을 이야기 하는 숨소리

옷가게의 속살들은
순번대로 들추기며 설계만 하고
보석가게 찬란한 빛이
손과 목을 뛰어다녀도
함께하지 못하네

시끌벅적한 포장마차는
해정(解停)이 되어도 오류가 생겨
기력을 잃고 졸고 있다

빌딩 숲 파도타기는
하나둘 물줄기가 약해져
어떤 뿌리는 고난에
어떤 뿌리는 외로움에
어떤 뿌리는 목마름에
점포들이 하나둘 몸부림을 친다

불안에 떠는 소리는 하늘을 향하고
거리의 왁자지껄하던 모습은
꽁무니를 치고 달아나 버렸다

기어가는 이야기
먼 거리에서 다른 바람으로 돌아가고
휭한 구름 속 실체들은 질주 속에 묻어두고
사람과 사람의 온기로 뇌성 친다

# 만남

좋은 사람을 만나는 것은
전생에 나라를 구한 사람입니다
좋은 사람을 놓치지 않으려면
가슴에 피어나는 꽃이 되어야 합니다

머리 좋은 사람을 만났다면 수박 겉과 같지만
마음으로 좋은 사람은
바위에 틈이 생겨도
그 틈새에 나무를 키우고
꽃을 피웁니다

운이 좋아 좋은 사람 만났다면
그 사람과는 충실해야 만이
나의 등불이 될 수 있는
좋은 기운입니다

길을 걷다가
나 아닌 다른 사람과 동행이라 느낄 때
이미 좋은 사람과의 만남이 시작된 것입니다

사람의 관계는 계절과 같아서
혼자만이 곧다고 좋은 나무는 아닙니다
더 주고 덜 주고 따지지 말고
함께 어우러져 사는 것이
행복입니다

# 부재중

주전자 안에서 상엿소리가 들린다
훠이훠이 울어 우는 소리 시큼한 냄새
싸리문을 타고 골목을 지나 산과 들로 퍼져
비가 되어 산천을 울린다

삼십에 줄을 그은 울음
바닥을 오르락내리락 풀어놓은 삶은
하늘을 날아 타고 오르는 길

미백 되지 않은 피부는 미련 속에서
페이지를 넘기지 못한 채 울타리에 걸려
띠띠띠 울어 대지만
지나가던 까마귀 힐끗거리며
기아와 수탈 속의 젊음 끝자락
담벼락 안에 존재했던 기억이 아직도 남아 있는
여러 곳에서 볼 수 없는 실마리 같은 사랑

누군가의 한이 되어 능선에서 보는 눈은
마지막 남은 이성 길
낮고 또 낮아 스며든 냄새
한숨의 슬픔이요 교란의 울음
사력의 불꽃은 하늘 끝으로 날아올라
죽어도 살아있는 부재중

나는 아직도
꿈을 꾸고 있다

# 정자

가진 것 모두 내어준
당신은
사랑입니다

눈부시도록 빛나는 것은
당신의
마음입니다

괴로움을 같이하는
당신은
행복의 향기입니다

상처를 닦아주는
당신은
자비의 언덕입니다

누구도 할 수 없는
당신이 있기에
마주 보고 웃습니다

그 자리 그 모습
어머니 품 같은 당신이기에
마음껏 쉬어갑니다

# 그리운 어머니

이름만으로도 가슴 떨립니다


창가에 부딪히는 빗방울 소리
어머니 발자국처럼 들리고
빛바랜 햇살에 무명옷 입고
산과 나무 사이 아련하게
한 폭의 그림으로 웃고 있는


고통이 불에 타
검은 연기가 날지라도
그 한 몸 거뜬히 던지시는


날마다 솟는 샘물로
그 물길마다
고뇌와 번민을 씻어
쉬곤 하시던 어머니

휘영청 달 밝은 밤에
호미로 논이랑 달빛을 캐고
뻐꾹 뻐꾹 뻐꾸기 소리
산과 들에 울릴 때
소금꽃 고인 앞가슴에
밤꽃 설렘으로 잠재우시던

부귀영화를 꿈꾸지는 않았지만
자식을 위해 온몸으로 투신하여
아픈 가슴을 누르시던

한 발 한 발 걷는 걸음
먼 길섶 외로움에도
하얀 이까지 드러내는 웃음
눈이 시리도록 밝은 햇살 같은 어머니
내 어이 잊겠습니까

이승과 저승의 그림자로
내 가슴에 피어 있는 한 송이 꽃

제목 : 그리운 어머니
시낭송 : 박영애
스마트폰으로 QR 코드를 스캔하면
시낭송을 감상할 수 있습니다

# 하동 섬진강

해맑은 섬진강 강줄기 따라
노를 저어 오르다 보니
오른손은 경상도요 왼손은 전라도라

피고 피는 매화와 벚꽃 그리고 배꽃
굽이굽이 젊은 순결
빛을 가슴으로 품고 있다

송림 잔잔히 흐르는 클래식 음향
금물결이 섬진강에 춤을 춘다

백운산 마주한 형제봉 사이로
늠름하게 펼쳐진 평사리 백사장
들물 날물의 속삭임

참게와 은어가 사부작거리고
모래 숲 재첩은 물거품을 노래하며
여유 있게 노니는 황새와 오리
웅장한 역사의 쉼터 고소성

화개 장터 풍각쟁이 떠들썩하던 모습
온데간데없고
반듯하게 나열된 점포는
할머니 어머니의 분칠한 손끝에서
손님맞이하고

산자락 숲길에는
쌍계사와 한산사 소리에
거칠었던 선인들의 숨결에
깨달음을 눈뜨게 하고

스님의 목탁 소리
세속의 뉘우침은 울음을 토하고
정갈함을 안겨준다

의신마을 깨끗한 공기
번뇌를 떨쳐버리고
정화된 몸과 마음 내일을 향한 발걸음
흘러가는 강물에 감사함으로 고개 숙인다

제목 : 하동 섬진강
시낭송 : 박영애
스마트폰으로 QR 코드를 스캔하면
시낭송을 감상할 수 있습니다

# 밤꽃 필 때쯤

아침마다 지저귀던 새
하얀 꽃물들이고

푸른 잎새 숨은 매실
토실토실 젖살 오르니

청보리밭
황금 옷 입고
사락사락 배지기 한다

동구 밭 어머니
감자꽃 속에 숨어
하얀 속살 삐져나오는 이랑을 안고

밤꽃 향기에
잠 못 드는 밤이면
머나먼 님 보고 싶어
밤이슬 뒤적이고
처연하게 새벽닭
울음 안고 눈물 적신다

제목 : 밤꽃 필 때쯤
시낭송 : 박순애
스마트폰으로 QR 코드를 스캔하면
시낭송을 감상할 수 있습니다

나는 아직도
꿈을 꾸고 있다

# 계단

천 개의 계단은
엄마 바다에 헤엄쳐 오르고
계단 사이사이 천 개의 변명
이리저리 울고 웃고
흔적으로 채워져
계단 따라 올라가는 길
끄트머리에 들어서면 무엇이 있을까

수많은 사람의 묵념들이
주렁주렁 매달려
아무도 가보지 못한 이야기들
꿈에서나 볼 수 있을까

모판처럼 나열된 천 개의 계단
계단의 낮과 밤은
의식적인 변화를 통해
새로운 미행의 언어와
자신의 존재를 알리는 내내 노래하며
회고의 표정은 집으로 향하고
알 수 없는 그 계단에 끝은
동굴 속 하늘이었다

# 빈집

빛바랜 언덕배기
숨어든 바람
묵은 장독대를 물끄러미 내려 본다

또르르 샘물 솟는 소리는
도란도란 목소리로 들리고
부뚜막에 쌀 한 그릇 물 한 그릇
멀리 있는 임 무사하라
두 손 모아 빌던 그 모습
엊그제 있었는데

휑하니 빈 가슴에 염소 우는 소리
거미줄로 앞뜰 배롱나무에 걸어 두고
뒤란 대나무 숲은
사락사락 그리움에 울어댄다

억겁의 세월 속 사연들을
줄 세워 놓은 고방에는
새끼줄이 어수선하고
닭장에 퍼덕이는 날갯짓은
먼동이 트는 새벽을 알려주고

숨겨 두었던
내 일기장 같은
빈집을 둘러보면
왁자지껄했던 환상의 소리가 들린다

어머니가 부르는 소리
동생들이 장난치던 소리
아버지의 웃음소리

방학이 되면 전축에서
잔잔하게 흘러나오는 로미오와 줄리엣
오빠가 좋아했던 그 음악
내 귀를 추억 속으로 밀어 넣고
달 밝은 대청마루에서 숙제하던 모습도
옛 그림자로 새롭게 보인다

제목 : 빈집
시낭송 : 박영애
스마트폰으로 QR 코드를 스캔하면
시낭송을 감상할 수 있습니다

# 오월의 아카시아

푸른 숲 사이로
들쑥날쑥 아카시아 만산하고
피고 지는 꽃송이
당철을 만난 듯
낭창낭창 갈림 없이 수선을 떠는 벌

아카시아 내음이
산 능선을 넘나들 때
들녘에 어머니 손놀림
거문고를 뜯듯 현란하고

한 해 밑거름
벌들의 농축된 먹이
아카시아꽃 필 때 어머니의 양식
새록새록 들판을 메꾸어
푸른빛에 푸근함이 녹아 있다

# 밀당

밖과 안의 온도 차이로
일어나는 파동
6도 이하로 낮추는
소낙비 한 방울이면 그치다

# 노인과 검둥이

거미줄 같은 새벽은 눈을 껌벅인다
저 멀리 새털 같은 동녘이 떠오르면
눈을 비비고 고요함을 깨고
힘없는 장대처럼 비스듬히 몸을 기대고
하늘을 잡고 일어선다

한 톨의 씨앗처럼 자리 잡은 공간에서
꼼짝달싹할 수 없는 실마리 중 하나를 찾기도
버거운 시간을 쥐고 검둥이와 하루하루를
이파리에 염색한다

바람에 말려온 텅 빈 뒷모습
상념만이 주렁주렁 매달려
허기를 채우지 못해 뒤뚱거리면
검둥이는 눈앞에서 꼬리를 흔들며
상념을 쓸어서 집 한 모퉁이에
다소곳이 눌러 놓는다

노인과 검둥이의 외로움이 반복되는
젊은 날을 억제하는 배
저물어 가는 석양에 걸터앉아
철썩이는 바다를 바라보며
매일 시간을 주워 담고 있다

숨만 깜박이는 외로움은
오늘도 가슴팍에서 북적인다

제목 : 노인과 검둥이
시낭송 : 박영애
스마트폰으로 QR 코드를 스캔하면
시낭송을 감상할 수 있습니다

# 당신은 나의 웃음

당신은
나의 웃음입니다

상념 주머니에 넣어
나 혼자만이 느끼는
당신은 나의 웃음입니다

생각날 때마다
그리움 되는 한 조각을
책갈피에 꽂아 두었던 당신은
나의 웃음입니다

꽃은 웃음을 주다가도
비 오고 바람 불면
숨어 버리고 가지만
당신은 영원히 꼼지락거리며
지울 수 없는 햇살 같은 웃음으로
마음 자락을 잡고 있습니다

당신의 웃음은
세월도 빼앗아 갈 수 없습니다

창밖에 지저귀는 새도 웃고
예약 없이 왔다가 미련 없이 가지만
당신은 비에 젖어도
태풍 한설에도 아랑곳하지 않고
미소 지으며 행복을 가르쳐 주는 당신은
나의 웃음입니다

# 비목

짧은 시간
엄마의 바다에서 독립한 영혼
먼저 받은 선물은 사랑의 꽃입니다

이웃집 할머니는
오늘 독립된 영혼을 묻고
처음 가는 길
꽃을 뿌리며 걷습니다

꽃으로 왔다가 꽃으로 가는 길
그동안 스며든 진한 향의 흔적들이
속앓이를 하며 몸부림치는 내내
울고 있습니다

절정의 순간 열두 시가 되기도 전
반쪽은 여운만 남기고
숨어든 그 꽃길에 처연하게 서서
손짓하며 부릅니다

횅하니 구름 속에 걸어가는
향기 가득했던 기억들이
많은 이야기를 남기고 순식간에 사라지고
다시 올 수 없는 그 길에
비목으로 향기만 걷고 있습니다

# 기다림

사락사락 대나무 소리
숲을 지나가면
어머니의 목소리

춥지
기다림에 서성이다
맨발로 방에서 뛰쳐나와
안아 주시던 눈물
등줄기에 떨어질 때

추운 겨울
바람이 불던 날
어머니의 가슴
내 가슴에 닿을 때
객지에서 돌아오는 딸의 기다림
화덕에 불처럼 뜨거웠다

# 천상

어디서 먼 길 헤매다가 여기와 앉았나

질척질척 허물어진 내 아픈
하늘이 울도록 불러 보지만
하늘 강 물새 따라 가버린

불러도 메아리로도 들리지 않는
머나먼 길 천상의 꽃이 되어
나를 보고 웃음 짓고

꿈속에 너를 만나면
아직도 그 사랑은 활화산처럼 타고
지칠 때까지 사랑하지 못한
내 아픈
전하지 못한 아쉬운 눈물로
가을 잎에 떨어져 내린다

다음 생에 다시 만나는 인연이 된다면
개울물에 미생물처럼
모든 걸 벗어버린
알몸으로

봄나물 향기로 세월 앞에
머물러 있는

바람 불고 비 오는 날
울어 울어서 빗물이 되어
바다로 가버린다

# 부부

품위 있는 남편은
속이 문드러져도
아내를 가르치려 하거나 무시하지 않는다

존경받는 남편은
매사에 헌신하는 마음으로 사랑을 심으며
아내의 잘못이 있더라도
스스로 깨우쳐 부끄럽게 만든다

사랑받는 아내는
머리에 쥐가 나도
당신이 최고야 하고 토닥거리며
기를 살리는 서비스의 말을 취한다

신뢰받는 아내는
천불이 나도 속을 삭이며
이탈된 행동들을 멈추게 한다

나는 아직도
꿈을 꾸고 있다

부부는

때로는 배우로 또는 연기자로

참말 같은 거짓말쟁이가 된다


가정에 평화와 사랑으로

가족의 전진(前進)을 기도한다

제목 : 부부
시낭송 : 박영애
스마트폰으로 QR 코드를 스캔하면
시낭송을 감상할 수 있습니다

# 미로의 창

너에게 다가갈 수 있는
공간이 있기에
끈끈한 생동감이 생긴다

공간에 새로운 만남과
물결치는 흐름이 있기에
더욱 기다려진다

너는
나와 같은 마음이니
오늘도 슬픔과 기쁨을
해와 달에 어리는 그 공간에 있다

# 아세亞歲

실눈 뜬 해는
싸리문을 걸터앉아 숨 몰아쉬며
바쁘게 움직인다

붉은 물에 떠 있는 하얀 구슬 구름
하늘을 향해 올라
한 해라는 의미를 부여하였고
집마다 묵은 때를 닦아 밝히는 소망으로
수많은 사람은 자신의 삶을 위하여
풍요를 희망하며 짧은 시간으로
사랑을 품어 본다

하루하루를 쪼개서
긴 터널을 만든 동짓날 밤
무수한 사연들은 별 무리 같은 화음으로
연둣빛을 품고 마무리하며
새로운 미행을 따라가듯이
중종 걸음 걷는 발자취 속에서 반짝인다

현재보다 더욱더 푸르게 빛나는
미래가 있는 현상은
동천에 뜨는 해를 녹이며 같이 걷는다

# 적석암의 꽃

녹음이 짙은 나뭇가지 사이로
쏟아지는 빛의 속살
눈을 감은 눈 속의 밤은
하현달 속에 손깍지 낀 얼굴로
발그레한 인연이 웃고 있는 분이
바로 당신입니다

샘물이 솟구치는 또르르 소리 따라
시냇물이 되었다가
각기 다른 사연들을 안고 강으로 바다로
깊은 사랑이 물결 위에 반짝이는 분
바로 당신입니다

풀벌레 소리 울릴 때마다
여린 귀 열어 같이 울어야 했던 적막함도
도량의 신선함으로 위로하며
겹겹이 고인 눈물 붉게 영글어
웃음꽃이 잎 새에 붙어 자랑스러운 분도
바로 당신입니다

기도를 통해
영의 사랑을 알알이 맺어 놓은
영롱한 이슬 같은 화음으로
내일에 새로운 영혼을 치유하며
많은 사람의 마음을 달뜨게 하는 분도
바로 당신입니다

누구나 하는 것이 아닌
혼자서 희생하는 시간
꽃향기 가득한 품행은
미래를 꽃피우고
충전하는 지혜를 가진 분도
바로 당신입니다

불두화처럼 다소곳이 앉은 자리에
꽃송이 망울망울 터뜨리는
비구니 스님의 맑고 깨끗한 미소
만나는 모든 사람이 함께하는
산사의 인자한 꽃
바로 당신입니다

제목 : 적석암의 꽃
시낭송 : 박영애
스마트폰으로 QR 코드를 스캔하면
시낭송을 감상할 수 있습니다

# 촛불

귀하지 않은 듯하면서


태어남의 기쁨도
눈물 웃음까지 동반하는
늘 같이하는 사람들이 많다


때론 친구가 되기도
때론 아픈 마음을 녹여 주기도
때론 소원을 들어주는 그릇이 되는


심연의 한적한 골에
작은 희망의 불을 짚어 꽃피우는


두 손 모아 겸손함을 배워주고
때 묻은 먼지를 태워
반성의 소임에 들게 하고
둘레를 돌아보고 깨달음을 주는


한 몸 불태워 나 아닌 다른 사람의
분수령이 되어 주기도 하는

환란에 티끌을 잠재워 주고
파수꾼이 되어 다시 태어나
간절히 기도하는 소원성취를
따뜻함으로 녹여 이루게 한다

# 기도

보소
엊그제
봄이란 처녀가
소나무 아래 갈비 털을 건드려
눈을 뜨고

진달래꽃을 들여다보기도 전에
여름이라는 장맛비가
검푸름 하게 곰팡이를 슬어 놓더니
설익은 어느 목사가
코로나를 무시하다 손 팔찌를 찼다네

가을은
향토 물과 썩어빠진 냄새를
모두 퇴치하고
그야말로 오색 가득한 풍요로운
빛깔과 향기로
찬란한 축제가 되길 빌어 보네

# 어느 12월

눌러 놓았던 세월 날개 털듯이 털면서

늘 하는 12월의 회개와 다짐
쓴웃음 아쉬움에

숨차게 달려온 마지막 달
새해라는 희망을 손에 쥐고

정을 나누는 이들에게
안부를 물어보고

12월은 모든 사람들이
축제하는 마음으로
함박웃음 담아 주는
온화한 그릇이면 좋겠습니다

# 학의 뜰

차밭 위에 올올히 좌정하고 있는
학 한 마리
혼자 있어도 외롭지 않아 보인다

낮이면 꽃잎 따라 그림 따라
그리고 밤이면 구름으로 글을 쓴다

아궁이의 숯 향은
찻잔에서 모락모락
삶의 향으로 피어오르고
정원에 해당화 영산홍 개나리 배꽃
오밀조밀 정담을 나눈다

학의 날갯짓에 춤은
자유로운 영혼이
세월을 향해 숨 쉬게 한다

# 천년 꽃

밖에 피는 꽃향기는
백육십 미터 벌을 불러
사랑을 하고
집안에 피는 꽃향기는
백 년 나비를 품고 산다

밖에 피는 꽃은
한순간에 피었다가
어느 순간에 지고
내 집안에 피는 꽃은
생기가 있는 동안
백 년도 피어있다

사진 속에 있는 꽃은
피어 있으나 지지 않으며
벌 나비가 없어도
스며든 향기로 늙지 않고
천년 꽃으로 피어있다

# 방황 끝 길 찾아

바다 같은 호수
바늘구멍 하나 들어갈 틈도 없이
꽁꽁 언 날
스스로 결빙된
겨울 호수로 들어가는 수행

투명한 얼음 안으로
크고 작은 상처들
남에게 숨기고 싶은 아픔
물속 깊숙이까지 자신의
가난한 숙명들이 사는 곳에 흔적들

물속에 가라앉은 정신을
부력으로 차고 올라
갈라지는 금 사이에
따뜻한 빛줄기는
작은 희망의 소리로
하늘을 향해 걸어 나온다

어제의 어두운 그림자에 터널을 지나면
바로 앞에 새로운 만남이 시작된 듯
해가 뜨면서
시선으로 녹아내린 물
내 삶의 위기에 혼란을 딛고
새롭게 흐른다

# 초혼

목화꽃 사랑이
다 여물기도 전에
옮겨 심은 꽃모종
새로운 터전에서 뿌리를 내려야 했다

하늘과 땅의 섭리를 읽지도 못한 채
눈치 없는 미숙한 꽃
부끄럽고 떨리는 밤을 두려워했다

화봉을 열어 향기를 담자마자
열차는 대기하고 있었고
꽃 수술에 나비의 온기 식기도 전에
나라의 부름에 등을 보이며
안개 속으로 사라졌다

서투른 돌담 집에
여기저기 얽히고설킨 담쟁이넝쿨은
배앓이를 하며
연둣빛을 토해내는 밤이 되면
달빛이 너무 밝아서 외로웠고
소쩍새 슬피 울어서 더더욱 쓸쓸했다

임 그리는 분홍빛 가슴은
늘 맨드라미 꽃말같이
뜰에 마주하며 넋두리했고


바람에 사락사락
풀잎 소리에 귀 기울이고
논바닥 개구리
밤새도록 울어대는 소리
장다리꽃에 나비가
나풀나풀 날아다니는 것을
보아도 보고 싶었다


고방에 수북이 쌓여 있는 곡식보다도
그리움에 배부르다고 느꼈고


먼 산 노을 물드는 시간이면
보고 싶은 사랑이 더욱 일렁이고 있었다

제목 : 초혼
시낭송 : 박영애
스마트폰으로 QR 코드를 스캔하면
시낭송을 감상할 수 있습니다

# 물을 보면서 배운다

물은 어떤 곳에서도
낮은 곳으로 흘러간다
낮은 곳으로 흐르는 겸손함을 말해준다

물은 흘러가다가 막히면 돌아가고
장애를 만나면 돌고 돌아
가야 할 길을 가고 마는 지혜를 배운다

물은 어떤 그릇에 담느냐에 따라
모양도 달라진다
담는 그릇에 따라 달라지는
마음 색을 배운다

물은 어떤 기암괴석 일지라도
한 방울 물의 힘이
수천 년을 두고 한 방울 한 방울
바위를 뚫는 인내와 끈기를 배운다

이 땅의 모든 물은
결국 큰 바다로 모여
하나의 뜻을 이루는 대의를 배운다

물이 주는 가장 중요한 지혜는
어떤 배경으로 지나온 물일지라도
원래의 모습을 원칙대로 배운다

제목 : 물을 보면서 배운다
시낭송 : 박영애
스마트폰으로 QR 코드를 스캔하면
시낭송을 감상할 수 있습니다

# 별이 떨어지는 아픔

책가방 속에 꿈과 희망을 넣고
자전거 페달을 밟았다
끝없는 시련 힘겨워하지 않고
오직 성공이라는 그것 하나만을
손에 쥐기 위해
타이밍에 바람이 빠지는 줄도 모르고
계속 달렸다

밤하늘에 별들이 방울 놀이를 하는지
달그림자가 한 뼘 놀이하는지
서산 노을 꽃 술래잡기하는지
세상 사랑놀이가 장난치는 것도
에움길 돌고 돌아
섬광을 손에 쥐고 회향하려는
꿈으로만 부푼 마음
심술쟁이 먹구름 장난을 치더니
이내 별 하나 떨어지고 말았다

산천은 잿빛으로 통곡하는
검은 비가 내리고
콸콸거리는 도랑은 붉은 피를 토하며
허우적거리는 큰 새는
식음을 전폐하고 쓰러지고 말았다

가슴에 한 깊숙이 숨겨둔
큰 새의 넓은 마음은
한 가정 최고의 빛으로
사라진 별자리에 그리움으로 남았다

# 능소화

세월 따라가는 인생
고난도 슬픔도 사랑까지도
한 줄기 빛이 되어
인생 줄 한 뼘 한 뼘 다듬어서
세상 밖 구경 예사롭지 않다

어느 날 잿빛 구름이 비를 몰고 와
가슴에 묻어놓은 설움을 토하게 하더니
오늘은 숲 닮은 마음으로
땅 닮은 가슴으로 사랑하라 하고
뽀얀 속살에 핑크빛 분칠한다

파란 생명줄 칭칭 감고
달빛도 별빛도
밤새도록 희희낙락 사랑한다

달이 지고 해가 뜨면
오늘의 힘든 일 내일의 빛이다

# 길

나는 걷고 있다

누워서는 하늘을 걷고
하늘에서
땅을 걷는다

책상 위에서는
생각을 걷고
자연에서는 마음을 걷고 있다

선택된 길
나는 엄마 뱃속에서부터
걷기 시작했고
내가 사라지는 그날까지
걸을 것이다

삶 사랑 희망 버무리며
조화로운 그 길을
걷고 싶다

# 다른 생각

참새 소리 들어보면
참새 말이 맞고
까치 소리 들어보면
까치 말이 맞다

중심이 있는 자는
까치 말을 듣고
현명한 판단을 할 수 있다지만

마음이 여린 이는 참새 말을 듣고
갈대처럼 이곳저곳
자기 것이 없다

나만 옳다고 하지 말고
상대를 먼저 헤아려 보면
나의 부족함을
단장할 수 있다

# 봄이 뛴다

뛴다
모든 것이 뛴다
하늘을 보니 구름이 뛰고

산을 보니
나뭇가지 사이에
노루와 멧돼지가 뛴다

들을 보니
아지랑이 사이로
망태를 메고
나물 캐는 아낙네들 뛰고

땅을 보니
동면에 숨어 있던
두꺼비와 맹꽁이
움틀 거리고 뛴다

나를 보니
괜스레 봄기운이
겨울 속에 묻혀있던
따뜻한 바람으로
봄을 타고 설레게 뛴다

# 울림

하얀 백지 위에

점 하나

사랑이 울고 간 자리

다시 돌아올 수 없는 강

# 멀어져 가는 꽃향기

하얀 꽃잎에 설익은 사랑
한 겹 두 겹 옷을 벗으며 운다

구름길에 새겨진 옹이
바람에 시달린 꽃잎 하나가
가물가물해 가는 의식 속
아스라이 멀어져 가고

선 자리 앉은 자리
투명한 유리잔에 사랑 가득 채워 놓고
비 오듯이 그리움만 남긴 채
하늘 사이 누워 버린 영혼
비색의 탄환으로 날아간다

흔들리며 피어 맥없이 사라져간
바람 같은 사랑
이슬로 아침 닿아 저녁 별로
채워져

화창한 봄날 매화꽃 같은 기억
숨바꼭질하듯 하얀 향기만 남기고
저 하늘 별 속으로 숨어버린 꽃향기

# 부처님 오신 날

연등 꽃 송이송이
나뭇가지에
임 오시는 길 못 찾아오시려나

천지에 정성 모아
부처님 영전에 무릎 조아려
만인에 소원 담아 불 밝히니

스님의 목탁 소리
가슴에 맺혀있던 응어리
각산진비 되어 사라지네

연화 춤 동작에
번뇌의 깨달음으로
뭉클해지는 가슴 다독거리며
극락을 담아

부처님 영전에 공양하니
그 염원 따뜻한 손길
부처님과 같이하네

# 그대 날 울리지 말아요

그대 날 울리지 말아요
꽃망울 알차게 영글어
그대 품에 안기는 날
부풀었던 꿈은 오래가지 않고
큰 나무의 새 바람결이
날 흔드는 것을

육신과 마음의 고통
시간을 소여 잡고 울었던 나날
그대 내 곁에서 보지 않았나요

그대 날 울리지 말아요
찬란하지는 않았지만
소소하게 챙기는 마음들을
옹기종기 예쁜 웃음
담으려는 모습을

이제는 그대 날 안아주셔요
따뜻하게 아주 뜨겁게
그대 품에서 영원히 쉴 수 있게
그 행복 누리고 살고 싶어요

제목 : 그대 날 울리지 말아요
시낭송 : 박영애
스마트폰으로 QR 코드를 스캔하면
시낭송을 감상할 수 있습니다

# 오월의 장미

마른 가지에
연둣빛 물들어
해맑게 웃는 것도 잠시

몸뚱어리 가시 돋다 못해
가슴에 묻어 놓은 연정
오월의 하늘에 손 내밀고

붉은 장미 향으로
그대 손잡으려 하니
찌르는 너의 매혹에
피를 흘리는구려

차디차다 못해 붉은 입술은
너의 매력에 머물러야 할지
배회하다 다시 본다

그대 품에 안겨 보지도 못하고
쓰라린 빗물 머금다가
바라만 보다가
바람결에 스치고만 간다

제목 : 오월의 장미
시낭송 : 박순애
스마트폰으로 QR 코드를 스캔하면
시낭송을 감상할 수 있습니다

나는 아직도
꿈을 꾸고 있다

74

# 지고 지순한 사랑

꽃을 보고 있노라면
꽃 속에 향기가 나네
입술 다문 꽃보다
활짝 웃는 꽃이 더 좋아라

활짝 웃는 꽃보다
나비를 부를 줄 아는 꽃이
더 사랑스러워라

사랑스러운 꽃보다
사랑을 할 줄 아는 꽃이
더 예뻐 보이더라

예쁜 꽃보다
지고지순한 사랑을 가진 꽃
더욱 아름답더라

아름다운 꽃보다
변함없이 지켜주는 꽃

# 어머니

어머니의 청춘은 장미꽃 향기를 묻어 두고
객지 나간 아버지의 뒷모습 그리워하며
함지박에 달그림자만 매번 주워 담으셨다

월남치마가 바람에 서걱거리면
비누 성냥 바늘과 실 보따리
어머니 머리에 이고 먼 산골을 향하셨고
바람 부는 날 초가집에서 기와집으로 이사를 했다

이사한 집 울타리에 한 폭의 해당화 넝쿨이 엉켜서 있었고
어머니가 떠난 그 자리
울타리에 해당화 붉다 못해 누렇게 말라버린
어머니의 빨간 멍을 간직했다

내가 대문 밖 골목으로
살찬 바람 달빛 안고 들어설 때
장미꽃 향기가 코끝에 스미던 환한 미소
해당화 같은 해는 산과 산 사이로
커다란 보따리를 이고 들고서도 고단함을 감추고
이미자의 한 송이 해당화를 쩌렁쩌렁 부르시던 어머니

그날 그 소리 대문을 안고 집으로 오시는 날
황금알을 수놓은 보따리에 장미꽃 줄기는
울타리 한 모퉁이를 돌고 있었다

누렇게 타버린 해당화 자리에 물집이 생긴 줄도 모르고
보따리에 주섬주섬 담았던 세월
일 년에 한두 번의 장미꽃 향기가
그렇게 좋았다던 어머니

장미꽃을 겨우 피우며 향기 날 무렵
섬세하고 부드러운 어머니의 한
오늘도 달빛에 익어 광은처럼 반짝인다

# 기 싸움

장난감 총에도 사람이 죽는다
설마, 했는데
사람이 죽었따
장난감 총에 우매한 독이 있었다

# 연화가 되다

나는
오늘 부처님을 훔치려
적석암에 갔다
불전 몇 잎 넣고
향불을 훔쳤고
기도 하면서
부처님의 마음을 훔쳤다

# 동백

바닷가 언덕배기에
처연하게 피어 있는 너를 보기 전에는
겨울이라는 이름을 몰랐을 거야

철썩이는 파도 소리가 그리워
고고한 자태로 얼굴 붉히면
순정을 다하여 바라보는 너는
먼바다에 마음을 빼앗겼겠구나

하얀 서리꽃마다 안고
얼지 못하는 빨간 입술

바람으로 철썩대는 아픔을
하얀 털실로 묶어버려
심연에 허우적거리는 허기를
저 바다는 채워 주려나

붉은 마음 겨울 설에 묻어두려 한다

# 해 같은 당신

동트는 새벽을 보면
당신 얼굴 같습니다

숨 쉬는 숨결마다
햇빛에 비치는
큰 나무 같은 당신

등이 휘어가는 가지에
새들이 노래하고
거친 각질에는
사랑의 길이기도 했던 당신

변화무상한 날씨에도
흔들림 없이 웃음이 되는
애인 같은 특별한 당신

싱싱한 나뭇잎 하나 떨어질 때
심연의 굴레에서 벗어나려고
어느 날 하얀 박꽃으로 떨어지던 날

# 봄 도둑

비가
소리 내 창문을 깨고
나의 마음을 훔치려고 왔다

나는
무서워서 꼼짝달싹할 수 없어
침묵만이 흘렀다

비가
나를 훔치려고 한 것이 아니라
내가 훔치려 한 것이다

비는
소리 내 내릴 뿐인데
나는 그 소리에 놀라
비를 훔치고 있었다

# 3월의 기도

저 마른 들녘에 서서
고통에서 몸부림치는 어미 잃은 작은 새들에게도
봄의 기운이 솟구치는 힘을 주게 하소서

눈을 뜬 어둠에서 사경을 헤매는
길 잃은 자들에게 허영심과 오만을 버리고
지혜의 언덕에 집을 짓게 하여 주소서

욕심으로 병들고 지친 자들에게
봄의 수액으로 막혀 있는 혈관을
씻고 뚫는 힘을 주소서

찬란하지는 않아도
살아 숨 쉬는 그들에게
눈물로 외롭게 하지 마시고
한 조각 빵이라도 감사함과 기쁨에 눈물 나게 하소서

생명은 어느 곳에 있어도
소중하나니 빛과 물 같은 봄이 되어
마른 가지에 새싹이 돋듯
구석구석 후미진 곳까지
사랑의 손길로 꽃이 피게 하소서

# 꽃무릇

힘든 밤을 소리 없이 웁니다

당신이 보고 싶어
밤새도록 눈을 감지 못하고
아무도 알지 못하는
당신만이 아는 순정을
가을빛으로 손 내밀고
빨간 물길을 따라갑니다

가쁜 숨 몰아쉬며 하늘을 보니
시리도록 푸른 아득한 먼 길

잡힐 듯 아련한 그리움 하나
새처럼 날 수 없는 아쉬움

목 놓아 당신을 기다리는 것은
100도의 혼자 사랑 때문입니다

# 들국화

이맘때가 되면
그가 보고 싶어

다 잊었다고 생각했는데
어찌하여 잊지 못하고
찬 이슬방울이 눈가에 떨고

잊으려 밀어내 보지만
소리 없이 와서 안기는 것은
말로만 잊어버린 거라고

들녘 까맣게 젖어 들 때
굴뚝에는 뿌연 연기 퍼져 날리고
뜰의 호수
한 마리 외로운 청둥오리
파닥거리다 날아가 버리면
멍한 하늘만 쳐다보았다

아침이면
동구 밖 푸섶길 돌고 돌아
후미진 그곳
하얀 웃음으로 피어
그를 보는 그리움은
언제나 그 자리 날 반긴다

# 골목

파릇파릇 향긋한 엄마의 가슴 냄새
골목 어귀부터 널뛰기하면
길 끄트머리에 혼자 앉아 까르르 웃는다

언제부터인가
그 천연스럽고 맑은 웃음은
연하디연한 희뿌연 소리만 들릴 뿐
사라진 젖 내음
뚜벅뚜벅 걷는 발소리
가슴을 덜컹거리게 하는 오토바이
폐지 줍는 아저씨의 리어카 소리가
굵고 얇게 번갈아 가며 골목을 채운다

그것도 모자라 외국인 노동자들이
알아들을 수 없는 자기들만의 말로
어둠에 내려앉아 별자리를 채우더니
가을날 힘없이 떨어지는 낙엽처럼
코로나19
한 잎 두 잎 바람결에 날려서
원래 고향으로 간다

골목과 골목 사이 근심과 한탄
두려움의 눈을 깜박이며
고양이가 어슬렁거린다

사람이 사라진 골목에는
고양이가 진을 치고
지네가 기어 다니는 한 모퉁이
담배 연기 뿜어져 나오는
으스스한 골목 두렵기만 하다
오늘도 서늘한 가을바람이 윙윙거리며
골목의 빈자리를 쓸고 다닌다

제목 : 골목
시낭송 : 박영애
스마트폰으로 QR 코드를 스캔하면
시낭송을 감상할 수 있습니다

# 하루

아침은 오늘이라는 숙제를 두고
서서히 멀어져 간다

힌트도 없이 주관식 문제를
잔뜩 풀어보라고 한다

객관식이면 눈치작전이라도
평균 점수는 받을 수 있는데
내 인생에 오답이 절반이 안 되기에
괜찮다는 생각이 든다

오늘 하루도
보석(寶石)을 캐는 일
보석을 줍는 일은 없어도
보석(步石)에 앉은 자리에서
온기가 속삭인다

# 향수

노을빛 잠들어 이슬로 깨어
빨간 물들이는

붉게 물들고 나면
나뭇잎 떨어져 아쉬운

파란 하늘 새털구름

이른 아침잠에서 깨어
태양으로 빛나는

가을이 오면 머물러
익어 가는 내 마음

저 들길에 남아 꽃이 피듯
가만가만 들려주던 목소리

바람결에 향수처럼
내 마음 알려나

고요하게 흘러내리는 가을

# 쑥부쟁이

그래
넌 참 대단 하구나
가을 햇살을 마음껏 머금어
찬란하게 빛나는 것은
어제의 고통을 구름과 같이했기에

태풍 마이삭의 죽을 것 같은 무서움도
눈을 감고 떨다가
들숨 날숨을 서너 번 뱉고 나니
저 멀리 햇살은 바람에 흔들리고
나뭇가지 사이로 얄밉게 웃고 있다

죽을 것 같던 고통도
시간에 물어보라 하고
언덕배기에 쑥부쟁이
또 다른 시간에 남보랏빛 웃음으로
가을을 담고 있다

그래

너 참 대단하다

너를 보고 있으면 아픔도 부끄러워

고개 숙여진다


뿌리 깊숙이 알찬 꿈 하나로

여러 개를 담아 주는

너의 웃음에 입맞춤한다

# 돌아보는 삶

어느 여름날 저녁
분주함에서 해방되어 느긋한 시간
모깃불 지펴 뿌연 연기 모기를 쫓고

속살거리는 하늘에 별들은
눈처럼 쏟아질 듯 내려보고
별똥별은 화살처럼
간간이 떨어지는 밤의 축제
시어머니와 같이했던 날 전설의 고향이
내 눈앞으로 쏜살같이 지나갔다

너무 놀란 나는 어머님을 껴안으며
꼬리 달고 지나가는 저 불에 놀라니
지긋이 웃으시며 혼불이라 한다

신기함을 더하는 혼불
앞집 할머니가 돌아가셨네
믿기지 않은 현실에
많은 것을 망설이게 하였고

윤회라는 단어에 생명 하나가
번뇌와 업이 생과 사에 갈림길은
자성 반성을 떨칠 수가 없었다

어떻게 사느냐에 기대어 서서
다음 생 나의 모습 그려 보면서
나보다 상대를 돌아보는 삶을 생각한다

# 구월이 오면

구월에
나 그대 찾으러 가리
하얀 버선발
노랑 빨강 물드는 강가에 서서
그대 부끄러워 떨고 있는
그 모습 그리워라

구월이 오면
고추잠자리 춤사위로
높고 맑은 하늘이 강물에 출렁이는
깊고 넓은 그대 가슴의 숨소리로
버선발로 다가가리

송골송골 맺힌 뜨거운 그대 사랑
시원한 빗방울과 같이
강물에 젖어 드는 그곳으로
그대 맞으러 가리

구월의 온도로
넘치지도 모자라지도 않는 강
코스모스 실바람 안고 품에 안기리

# 오늘은 해가 떠 있습니다

내가 가는 길에
당신이 서 있었습니다
물 건너고 재 넘어 신작로 길에

내가 가는 길에
당신의 손을 잡았습니다

봄여름 가을 겨울
다양한 다색으로 물들여 줄
당신이기에 따라 걷습니다

내가 걷는 이 길에
움푹 파인 웅덩이도 뾰족한 돌부리도
바람도 햇살도
그 어느 것도 같이하지 않은 것이 없습니다

혼자가 아닌 같이 걷기에
인내하고 살 수 있었습니다

제목 : 오늘은 해가 떠 있습니다
시낭송 : 박영애
스마트폰으로 QR 코드를 스캔하면
시낭송을 감상할 수 있습니다

오늘은 해가 떠 있습니다

# 안부

오래
참고 있었다

오래
그리워했다

보고 싶은 마음
저 별에게 물었다

그대
그 하늘의 세상도
살만하냐고…

# 순

셀 수 없는 사연들이
우주의 먼지로
하나의 형체가 될 때까지
얼마나 울었을까

그 먼지의 몸부림
꽃을 피우고
열매를 맺기 위해
뿌리로 내려앉은 절벽에서

그는
흔들리고 떨리면서
먼 곳과 가까운 곳을
응시하며
계행으로 서서

어제의 슬픔도
오늘의 기쁨도
하나의 선경으로 눈부시다

# 중년의 꽃

언제부터인가 내 가슴에
새 소리가 들린다

심산 숲 내 불어오는 바람
초록 잎이 흔들리듯
자연과 사랑하고 있던 날

산 꽃바람 이고 와
사람이 모여 있는 음색의 뜰에
쏟아 놓은 향기

존재와 미각의 시간 속에
불씨를 사랑하는 가슴에 지피어
붉게 타오르는 만남

얼싸 좋다
어깨를 들썩이며 추는 춤사위는
발길마다 흥겨운 소리로
산과 바다에 일렁인다

길가에 핀 들꽃처럼
은은한 미소가
새의 날갯짓으로 너울거리고

청정하게 맑은
사람들의 마음

마산 앞바다 물결 위에 마주하는
찻잔 속에 미래가
윤슬처럼 반짝인다

언제부터인가 내 가슴에도
중년의 꽃 피었다

# 빛의 주인

풀꽃처럼 자생하여
바람 따라 구름 따라
임의 영혼은 들녘에 뿌려 놓은 지혜의 언덕
넓은 들을 바라보는 황량한 길
깊고 푸른 한적한 곳에 흔들린다

부처님 영전
두 손 합장하여 토해내는 울음
파고들었던 깊은 물이 흘러내리는
회심의 눈물

휘이 휘이 날아라 날아가 버려라
휘이 휘이 구름 낀 하늘
동쪽 빛이 내 가슴에 스며들게

품어라 품어 가피의 품을
품어라 품어 연꽃 사랑
포근하게 빛나는 주인이시길

물안개 자욱한 바다 저 건너
보일 듯 말 듯 임의 얼굴
파도가 출렁일 때마다
속인들의 고통 소리 햇살에 부서져
고요해지는 평안의 빛
하루하루 내 가슴에 스며들게

휘이 휘이 날아라 날아가 버려라
휘이 휘이 구름 낀 하늘
동쪽 빛이 내 가슴에 스며들게

사랑과 이별
징검다리 건널 때
뿌연 안개 다리를 감추어
이별은 사라지고 사랑이 뿌리내려
임의 가슴 편안하게

# 불두화

너는 나의 뜰에서
오며 가며 기쁨을 주는
여름 볕에 잘 익은
빨간 토마토 속처럼 곱구나

어떤 바람에도 흔들리지 않는
어떤 시련도 내색하지 않고
파란 하늘에 청량하게 피워
웃음을 전하는 너는

이 마음 저 마음 색색들이 알면서
얼굴 한번 찡그리지 않고
미소로 반겨 주는 너를 보니
나의 부족함에 고개 숙이게 하는 너

# 시를 쓰는 사람

왜

다 잠들고 어두운 밤

불을 켜고 종이를 찾고 연필을 들어 긁적거리는 걸까

순간적 영혼 밀실에 감금된 것은

사랑의 잠재력은

혼을 엮어 바늘에 실을 끼워 넣는 것

치렁치렁 달린 실의 운명

애절한 사연을 불러내

혼의 미학은 발버둥 치는 것

잠 못 자고 수혈하는 링거의 고통

흥건히 몸속에 햇살이 스며들어 온다

# 분신하는 그 여인

오늘따라
그 여인이 보고 싶다
녹음이 짙어지는 계절
모판에는 거머리가 꾸물거리고
논두렁에는 황새가 기웃거린다

못줄 탱탱하게 잡은 아재들
못 춤 위에 노랫가락이 구성지던
그 여인
품앗이하던 아지매들 손끝에
어린 모 시집가는 날
가야금 뜯는 소리가 물 위에서
찰방찰방 춤을 춘다

새참 이고 오는 언니의 댕기 머리
동생 손에 막걸리 주전자
들녘에 허기진 일꾼들의 꿀맛 같고
못논의 웃음이 쌀밥 꽃으로 피어나고

집 마당에는
동네 할미들 칼국수 잔치로
그 여인의 온정이
푸름을 더욱더 푸르게 한다

이맘때만 되면
그 여인의 숨소리와 동행했던
내 푸르던 어린 시절
산과 들에서 보냈던 아기자기한 추억
저 하늘 별똥과 반딧불과 반짝임

그 시절 그 여인
나의 어머니

제목 : 분신하는 그 여인
시낭송 : 박영애
스마트폰으로 QR 코드를 스캔하면
시낭송을 감상할 수 있습니다

# 나에게 아직도

봄의 풋 냄새가 향긋하게 퍼져
산과 들에는
눈이 따라다니고 발이 움직이고
손끝과 발끝이 바삐 철을 따라가듯

어린 날 꼬막 같은 손놀림이 주워 담은
파릇한 갖가지 나물들
세월이 먹어버린 들녘에 서서

채반 위에 도란도란 지난 시간들
크게 불러내어 그리움 조각들
허기진 배는 어느새 사라지고
가족들의 웃음소리가
아지랑이 되어 피어오르고

개울물에 발 담그며 여름을 부르고
오늘도 풋 냄새가 떨림으로
먼 기억들 만지작거린다

채워도 채워지지 않는 옛날의 향수
새로운 새싹으로 돋아나
나를 불러 끌고 간다

## 꿈속에 시어머니를

금빛 햇살이 쏟아져 내리는
청송 아래
집을 지은 한 여인

사슴 눈을 가진
그 여인의 눈 속으로 빨려 들어간 나는
가슴팍에 얼굴을 묻고 한참을 울었다

모란꽃 닮은 그 여인의 얼굴
세월이 흘러
산천초목이 십수 년 바뀌었지만
그 옛날 그 모습 고스란히 남아
청송 숲 그늘에서 삼생을 하신다

희귀한 꿈속 대화 심금을 울리고
그리워했던 그 여인 뵙고 나니
포근하고 따뜻한 운기
한참 내 몸을 휘감고 떠나지 않는다

# 온전한 동그라미

내가 그대를 보고 서 있는데
그대는 등을 보이고 있는 것은
별을 보고 있기 때문이고

그대가 나를 보고 서 있는데
내가 등을 보이고 있는 것은
달을 보고 있기 때문입니다

한 공간을 같이 공유하고 있지만
바라보는 곳이 다르기에
소유하는 빛도 다르게 빛납니다

그대가 등을 돌려 나를 보고
내가 등을 돌려 그대를 본다면
별도 달도 마주하는
온전한 동그라미가 되었다

# 민들레 길

이제 보았네
어둠에 덮여 있던
아득한 겨울을 떠돌았고

낯선 어느 곳이든
꽃이 내려앉는 풍경

온 하늘을 구름무늬로 날아다니다
어느 언저리에서
설렘의 봄
날개를 접어 두고

처음인 양 귀 기울여
회향하는 심정
밖에서 피는 노란 꽃으로
의지할 데 없는 외로움을 지키네

하늘빛으로 끌어안은
대지의 노란 고백
어두운 그림자에 희망찬
선근으로 피어난다

# 고독

하얀 꽃잎 위에 두견새가 흘리고 간 얼룩
그림자라고 하기는 너무 슬퍼
기억 속에 눈물을 흘렸습니다

나풀거리는 나비가 봄 살 위에 앉아
비워진 여백을 메꾸는 흔적들이
외로움을 고민하고 있었습니다

말라 있던 강기슭 사이사이
울음에 새어 나와 희다 못해 푸르고
슬퍼했습니다

상념이 상념의 꼬리를 물며
심연에 빠져들어
펑펑 쏟아지는 눈을 맞고
멍하니 서 있기도 했습니다

푸념 같은 상흔에서 벗어나
다시 의식 세계로 돌아오니
달님은 이미 서녘에 걸려있고
밤이슬은 내 가슴속에 함초롬히
고루함에 파고들었습니다

제목 : 고독
시낭송 : 박순애
스마트폰으로 QR 코드를 스캔하면
시낭송을 감상할 수 있습니다

# 빗소리

고요히 흐르는 밤
깃을 세우고
묻어 둔 기억을 들추며
소소한 소리 꽹과리처럼

실낱같은 희망이
달과 별에서도 봄기운이 따뜻하니
어두운 밤을 깨우는

그윽하게 부르는
다정한 손님 같은 비
창을 열고 맞으려 해도
비가 속삭이듯 옵니다

뜰을 깨우는 새로운 소리
정답게 가슴을 파고들며
꿈을 키우는 비가 옵니다

# 봄 소리

연못에 퍼드득
차고 오르는 물새

설레는 사랑 봄 사랑에
재채기하고

들녘에 아련하게
고개 내미는 씀바귀
소리 없이 봄을 재촉하고

골짜기 흐르는 물은
설치는 법이 없는데
여인네 치맛자락은
봄바람에 살랑거린다

# 아픔

문득문득 생각나는 것
지우개로 지울 수 없는


계절이 바뀔 때마다 보고 싶은 것은
마음에 그려 놓은 그림
잊을 수 없는


어떤 시 하나를 읽을 때
북받치는 눈물
그 시가 좋아서가 아니라
지난날의 향수가 떠오르는


별 숲에 누워 하늘을 보니
그대 얼굴 하나만 보이는
가까이할 수 없는


내 안에 그대는
해와 달이 바뀐다 해도 변함없는
온전한 아픔입니다

# 같이 가는 인생

바람 따라 구름 따라 발걸음 가다 보니
산은 푸름을 녹음하고
들은 영상 촬영 준비를 하며
강물은 무대가 되어
한바탕 계절의 변화 연출하고 있다

가두어 두었던 많은 상념들의 주인공
아지랑이 숲길
어머니 살랑거리는 치맛자락 풀 냄새
아기 젖꼭지에 묻어나고
아버지 어깨의 지게에는
논밭에 뿌려놓은 자식 미래가 새록새록
아버지 허리는 구름다리가 되어 휘청거리고
어머니 뼈마디에는 칡넝쿨이 되어 있다

별처럼 반짝이는 자식 미래 생각하며
저물어 가는 해를 주워 담고 집으로 향할 때
노을 노래 부른다
힘든 것 참을 수 있다고

아비 어미 워낭소리 속에 묻어있어도
제 새끼 제 아내는 애지중지
일 년에 한두 번 오는 명절 때
어떤 것을 싸서 보내나 고방 문지방 닳는다

참다래 터지는 날 부모가 하늘 잡고
긴 여행 갈 때쯤
네 자식도 너와 같은 행복을 누리면
불효자라고 혼내지는 말아라
돌고 돌아 같이 가는 인생
저 해가 저물어 갈 때쯤 보았단다

# 고향길

연둣빛 잎으로 서울로 온 지
그 일 년 원정의 꿈에 날개를 달았다

초록빛 여름에는 매미를 달았고
붉디붉은 가을에는 잘 익은 홍시로
겨울을 삭히고 기다렸다

거미줄에 매달린 고향길
밤을 새워 해를 둘러 감고
대문에 도착한다

기다림에 울림 황금알 같은 빛으로
덥석 끌어안고 눈물 흘리는 그 여인
꿈에서라도 보고 싶었던 그리움

잊을 수 없는 전설은
왜 이제 오는지
애절한 만남이 군불 땐 안방에서
숨을 쉰다

얼음 위 쩍쩍 갈라지는 세파에도
신발을 벗은 채 끌어안고
잊을 수 없는 절정의 그리움

내 어머니
설 명절만 되면 연극배우의 주연으로
눈시울이 끝없이 붉어진다

# 꽃을 보려면

내 마음의 꽃씨에
조용히 눈을 감고
시원한 물을 주었다

물에서 피어나는 잎을 보면서
나를 돌아보고
정성으로 마음을 다한다

그 잎에서 꽃대가 솟아오른다
내 어머니의 봉곳한 가슴이
떠오른다

꽃이 향기 나게 피는 것은
젖줄에서 받은
순결한 사랑의 열매이다

# 새해

사탕 한 알을 선물 받았다
입안이 삐져 나갈 것 같은 꽉 찬 단물
혀를 한 바퀴 돌고는
페달이 달리기를 한다

풀밭 실타래를 끌어당기며
리어카가 다니는가 하더니
트랙터가 아스팔트를 끌어안고
자동차 키를 꽂았다

엔진이 꺼지기도 하고
재충전된 에너지는 길의 순례자가 되어
가던 길을 재촉한다

단물이 달기만 한 것은 아니다
구름 트는 바람도 행복 알리는 햇살도
단비 담은 사랑도
한 해라는 보자기에 버무려져
다시 출전하라 한다
물기 생긴 흥건함으로…

# 아직도 궁금하다

뙤약볕이 내리쬐는 여름도 아니고
선선한 바람이 유혹하는 가을도 아니다

짧고도 긴 겨울날 육교 위에 한 사나이
땅거미 내려와 별이 쏟아질 때까지
꼬여 있는 팔과 다리 동그란 달 쟁반이
사나이의 고개를 받치고 있다

몇 알의 동전과 지폐는
삶의 억울함을 대변하듯 팽개쳐 있고
그 암울한 상황을 지나칠 수 없어
지폐 하나 놓으려다
발걸음을 돌려 마트에서 사 온 우유와 빵을 건넸다

얼굴을 볼 수 없었던 사나이는
나를 똑바로 바라보며 고개를 끄덕였다

세월이 몇 년 흘렀다
우연히 터미널 가는 길에
육교의 그 사나이를 마주쳤다
서로 놀라며 눈이 휘둥그레졌고
사나이는 쏜살같이 도망가다시피
사라졌다

나는 나의 볼을 잡아당겨 보았다
정상인보다 더 정상인
훤칠한 모습에 까무러치는 줄 알았다

나는 가끔 그런 사람을 볼때면
그 사나이가 궁금하다
왜 그랬을까? 무엇 때문에
무슨 사연이 그렇게 치열하게 숙여야만
살 수 있었던 건지
나는 오늘도 궁금하다

# 성냥개비

싸악 싸악 그어보면
확 타오르는 불꽃 하나
누구의 가슴에는 자고 있고
누구의 가슴에는 연신 그어댄다

내 작은 가슴에 불씨 하나
싸악
꿈틀거리는 화염은
웃음이 될지 울음이 될지
희망이라는 작은 축제를 기다리며
쫑긋 솟아있는 가슴에 여드름

하나하나 태워
온 세상의
축제가 되는 불씨

화덕에 불씨가 자지 않고
재 밑에 숨어 필요할 때마다
호호 불어 연기로 태워 불꽃을 피우는 잠재력

집집마다 밝히는 성냥 한 개
잡은 사람의 손에서
희망의 빛으로 반짝이고 있다

# 내 안의 길

심지 있는 밭에
나는 꽃을 심을 것이다

그 꽃이
피고 질 때까지

나는 꽃을 볼 수 없을 때
눈을 감고 투시경으로 볼 것이며

내 안에 꽃을 심어
살아가는 이유를 더듬어 갈 것이다

# 부러울 것 없소

초가집에 산다고 무시하지 마오
고층 빌딩 떵떵거리는 사람
부럽지 않고

많으면 더 많이 가지려고
눈만 뜨면 분쟁으로
법정투쟁 허다한 일

줄 것도 없고 빼앗길 것도 없으니
새소리 물소리 베개 삼아
하늘 정원 벗이 되어
유유자적 흐르는 삶 그 무엇이 부럽겠소

# 10월의 첫날

9월의 못다 한 사랑


풀벌레 소리까지 수면제로
잠재워 놓고
조용히 흐르는 눈물
그대 보고 싶은 시간입니다


까만 하늘을 바라보니
가로등 불빛 사이에 날리는
하얀 눈송이 같은 눈물


내 가슴에
소나타 선율 따라 퍼져
행복의 눈물이 떨어집니다


아쉬움 속에 남겨둔 그대이기에
미련으로 뒤돌아볼 수 있고
그림자에 못다 핀
사랑을 담아 놓았습니다

잿빛 구름이 걷히고

파란 하늘이 미소 지을 때

10월의 못다 한 사랑 나눕니다

# 살아가는 길

하늘은
보이는 것이 많아
괴로움이 많고

땅은
품은 것이 많아
아픔이 많다

새는 땅과 멀어지면서
삶의 갈피에
외로움의 흔적들이 깊이 주름지고

바다는 깊이 들어갈수록
깊은 혼돈의 심연에 고통을 같이한다

하늘의 공간적 여백에는
낮과 밤이 해와 달을 잉태하여
구름과 별을 낳고
삶의 우여곡절에 푸른 또는 큰 꿈을 안겨준다

# 혼돈에 빠지다

이 밤은 초저녁부터 춥다
썰렁한 내 얼굴이 떠 있는 모습
웅크리고 있는 생각을 몰고
온몸으로 뒤지고 있는 동안
하얀 서리꽃 활짝 열고 들어서는 추위

한밤이 되어서도 풀리지 않아
산 벚꽃 나무에 파고드는
파도 소리 같은 바람은
철썩철썩 물줄기 달린 언덕배기에
국화꽃 떠는 새벽녘이 되어도
혼돈의 추위는 미로가 되어
눈을 감아도 눈을 떠도
책 줄기에서 헤매다가
답을 찾지 못한 스산한 밤

익지 않은 오뉴월 산 살구같이
떫은맛이 물씬 나는 추위는 떨고 또 떨어
막막한 추위는 조절을 못 하고
달달 떨며 오답만 만지작거리다
해와 달이 가는 길 두 손 뻗어본다

# 계련係戀

계단을 오르는 자와
내려가는 자는 표정이 다르다

수많은 사람의 발걸음
썰물처럼 갔다가 밀물처럼 다가와
부유물의 장난들이 널브러져
몸부림치는 숨 가쁜 계단에
한 걸음 한 걸음 내디딘 천태만상
누구를 위하여 아침을 열어
무엇으로 저녁을 닫는가

기포는 계단 따라 빛을 향하여
오늘도 계단을 오르는 새벽의 숨소리
새로운 내일의 기다림 되어
내려오는 저녁의 계단은
종일 번뇌와의 언쟁 끝에 웃음의 화분으로
어두운 마음에서 벗어나는 행복한 밤
불빛은 달을 끌어안는다

# 사랑은

사라진 뒤에 눈물은
그가 살아 있을 때 사랑입니다

그리움으로 흐르는 눈물은
그의 체취가 달빛으로 비치기
때문입니다

살아서 살아가는 사랑은
그에 작은 것이 큰 것으로
익어가는 사랑이 자라고

죽어도 살아가는 사랑은
그에게 산자의 기억으로
기쁨과 슬픔이 함께하였기에
살아 있는 사랑입니다

푸르기만 하던 나뭇잎이
세월이라는 약속으로
붉게 물든 단풍처럼
완숙된 사랑이라면

아름다운 것
내 가슴에 눈물이 되어
고운 마음으로 살아 있기 때문입니다

# 눈 내리는 날

눈을 뜬 듯이 눈을 감았습니다
하늘빛이 땅 위에 구름을 덮었습니다

쪼르륵 얼음을 녹이는 개울물 소리
원시적 풍경이 고개를 들어
아버지 발자국 뒤에 어머니 발자국
오빠 발자국 뒤에 언니 발자국
내 동생 발자국이 하얀 눈 위에
장유유서의 위계질서가 걷고 있습니다

기쁜 소식으로 까치는 아침을 깨우고
밤새 뛰어놀던 토끼와 노루
이솝의 꿈속에서
고요한 들녘은 얽히고설켜
삶의 꿈틀거림을 모두 덮고

하얀 백지 위에 꼬마들이
송이송이 눈송이를
까불리며 다시 주워 까불리는 모습
유년 시절 추억이
눈앞에서 목화 꽃처럼 피어납니다

제 몸을 태우는 빛은
따뜻한 바람 불어 녹이고
숨겨두었던 질경이의 오늘은
백지 위에 낙서를 하며
삶의 흔적이 그대로 남아 있습니다

제목 : 눈 내리는 날
시낭송 : 박영애
스마트폰으로 QR 코드를 스캔하면
시낭송을 감상할 수 있습니다

# 잊고 있던 그리움

조용함이 흐르던 시간 속에
한 장의 사진이
내 눈에 날아들었습니다

빨간 한복 곱게 입고
머리엔 예쁜 족두리 한
젊은 날 추억의 한 장면

가끔 보고 싶어 눈물 훔치며
그리워하던 그 여인
보고 싶다
보고 싶다

안중에도 없던 그녀가
환한 웃음을 하며
나를 보고 있습니다

어떡하면 좋을까요
만져보고 싶기도 하고
비벼보고 싶기도 하지만
그녀는 나를 보고
웃고만 있습니다

긴 시간 흘러도 버리지 못하는
영롱한 그리움으로
나를 할퀴어도
나는 그녀가 너무나 좋아
오늘도 보고 싶어 합니다
그리운 나의 어머니

제목 : 잊고 있던 그리움
시낭송 : 박영애
스마트폰으로 QR 코드를 스캔하면
시낭송을 감상할 수 있습니다

# 중년의 모습

우윳빛 같은 피부는
아기 낳아 누렇게 뜨더니
둘째 낳고 얼룩처럼
기미가 한자리
애들 성장하니 내 얼굴은
협곡이 생기고 한여름 잎새 뒤에 숨은 그늘 같더라

날씬했던 몸매는
삶의 웃음에 일 인치
고뇌와 번뇌에 이 인치
고통과 갈등에 삼 인치
나도 모르는 사이에
뱃살 훈장 달았네

어제 사랑은 태양이라면
오늘 사랑은 해 저문 노을이고
세상사 즐거움이
하소연과 서러움에 우울증
남편이 미워지기 시작하더니

애들 결혼하고

2세 재롱에 시간을 담아

웃음으로 안전을 찾는가 하더니

신체적 제약이 나를 울리고

웃음이 밀리고 짜증이 돌출하니

하늘 아래 하나뿐인 내 낭군이

최고가 되더라

# 꿈꾸는 세상

그대들이여
들리는가
파란 하늘에 그대들의
찬양소리가
달빛이 어둠을 쪼개고
그대들의 가슴에 별빛이 쏟아지는
새 하늘과 새 땅
트라피스트의 새로운 세상
그 속에는 형용할 수 없을 만큼 아름다움을

그대들이여
들리는가
한 번도 가보지 못한 새 세상의 땅
물소리가 찰방거리고
물속의 많은 생명들의 취기를 달래는
그분의 손
자양분의 부조(扶助)로 하늘빛은
땅 구석구석 원기로 회복되는
새 하늘과 새 땅에서 열리는
생명의 평화로움을

그대들이여

들리는가

숙취의 비명도 흡연의 집회도

새로움에서 시작하여

하늘과 땅이 회영 하는 그곳에서

손에 손을 잡고

온 천지가 밝은 빛으로 출렁이는

아름다운 세상을

원하지 않는가


내게도 그 빛을 받을

원리의 충만을 가슴으로

한발 한발 걸음으로 다가간다

 제목 : 꿈꾸는 세상
시낭송 : 박영애
스마트폰으로 QR 코드를 스캔하면
시낭송을 감상할 수 있습니다

# 부러울 것 없는 당신의 사랑입니다

얼굴빛으로도
사랑스런 당신이기에
카멜레온 가을이 부럽지 않습니다

파란 바닷물이
깊어 보여도
당신 마음보다 깊지 않기에
바닷물이 부럽지 않습니다

산봉우리가
아무리 높아도
당신이 나를 향하는 것보다
높지 않기에
높은 산이 부럽지 않습니다

파란 하늘이
거울처럼 깨끗하다 하여도
당신이 나를 보는 눈빛보다
깨끗하지 않기에
하늘이 부럽지 않습니다

대자연의 빛이 되어

나를 안고 있으니

세상 부러울 것 없는

당신의 사랑입니다

제목 : 부러울 것 없는
　　　당신의 사랑입니다
시낭송 : 최명자
스마트폰으로 QR 코드를 스캔하면
시낭송을 감상할 수 있습니다

# 가을은

높새바람 불어오는 가을날
창가에 피어나는 단풍을 보니
두근거린다

누가 그리운 것도 아니고
누굴 보고 싶은 것도 아닌데
내가 나를 차 한잔 들고 기다린다

가을이 서성거린다
단풍이 노닥거린다

어느새 붉게 물든 창가에
다가서지 못하는 그리움
나를 끌고 저 넓은 들판에
누런 벼를 헤집고 마주 보는 산길을 등지고
콧노래를 부르며 가을을 따라간다

수십 번 따라다니던 가을은
봄을 안고 여름을 삼키고 가을을 내어주고
겨울을 희생하는 순리를 가르치며
오늘도 내 눈앞에서 흐른다

 제목 : 가을은
시낭송 : 최명자
스마트폰으로 QR 코드를 스캔하면
시낭송을 감상할 수 있습니다

나는 아직도
꿈을 꾸고 있다

# 나는 아직도 진행형인 꿈을 꾸고 있다

가을이 그리움을 깨우는 날엔
단풍나무 한쪽이
오후 한 시에서 졸고 있다

푸르던 젊은 날의 치열한 시간을
야금야금 갉아먹는 뒤편에
듬성듬성 구멍이 뚫리기 시작하면
붉은 노을은 비틀거리며 빈틈 사이
비집고 들어가 비린내를 풍긴다

도둑맞은 푸른 들판은
등을 내보이며 이랑이랑 청춘의 싹을 덮어 놓고
가난한 외로움은 간을 태운다

하늘 저편에 나풀거리는
고추잠자리 등에 업힌 실낱같은 꿈이라도 다시 뛰게 할라치면
날름거리는 뱀의 혀끝으로
날개의 깃을 잡는다

어둠이 빛을 잡아당기는 날이 오면
못다 한 꿈을 한땀 한땀 바느질로
새 옷을 만들어 입어 보고 싶다

제목 : 나는 아직도
　　　진행형인 꿈을 꾸고 있다
시낭송 : 박영애
스마트폰으로 QR 코드를 스캔하면
시낭송을 감상할 수 있습니다

# 나는 아직도
# 꿈을 꾸고 있다

### 이종숙 시집

2021년 5월 27일 초판 1쇄
2021년 5월 31일 발행
지 은 이 : 이종숙
펴 낸 이 : 김락호
디자인 편집 : 이은희
기 획 : 시사랑음악사랑
연 락 처 : 1899-1341
홈페이지 주소 : wwwpoemmusicnet
E-Mail : poemarts@hanmailnet

정가 : 13,000원
ISBN : 979-11-6284-282-9